文芸社セレクション

悲しき飲んだくれ

—託されたもの—

唐鎌 良枝

JN073826

目次

謎の小包

お人好しで、世話好きで、どうしようもない飲んだくれ……。私が長く抱いてきた亡き父のイメージだ。だが、ある時、生前に知ることがなかった父の辛い思いに気づかされ愕然とした。

それは、わが家に届いた謎めいた小包だった。娘である私がこの物語を書くきっかけともなった品である。小包の宛名は、父だったが、差出人の名前と住所地に私は全く心当たりがなかった。

（誰だろう……何が送られてきたのだろう……）

訝りながら包みを開くと『偽りのダモイ　―極限のシベリア抑留三年―』と題した本が出てきた。

〈昭和二十三年六月二十日頃、ロシアのナホトカから帰国する時、輸送船『恵山丸』内で同じ組に居た者です。此の度、シベリアでの体験を本にしたのでお送りし

ます。ご笑納ください。〉

そう書かれたメモが添えられていた。著者名を見ると、「加藤静夫」とあり、差出人と同じだった。

父は戦争中、大陸に送られ、終戦と同時にソ連の捕虜になり、シベリアに抑留された。（そうか加藤さんは、父と同じ引揚船で帰国した戦友だったのか……）

平成十六年のことで、父が亡くなってすでに十五年近く経っていた。本の中身は加藤さんの抑留体験だが、読み進めるとなぜか、同じ戦地にいた父、唐鎌榮一の軍服姿が頭に浮かんできた。その眼差しは、実に寂しげだった。

父は存命中、戦地のことを語ったことはなかったが、時空を超えて幻のように現れた姿は、引揚後に生まれた私が知っている父とは明らかに違っていた。

「大酒飲み」「呑兵衛」……そう揶揄されても甘んじていたのは、何か理由があったに違いない。シベリア抑留体験が関係しているのではないか……。

私は父を誤解していたかもしれない。そう思えてきた。だとすれば、今一度、父の姿を思い起こし、その言動をしっかりと書き留めておかなければ、との衝動に駆られ、筆を執ったのだ。

私は加藤さんの本の「あとがき」を何度も読み直した。父が語ることのなかった戦地での思いを、加藤さんが代弁してくれているように感じた。私の心を揺さぶった「あとがき」をまず紹介する。

〈三年に亘る極寒のシベリア抑留生活に頑丈でない私がよく耐えられたものだ。おそらく神様、佛様に見守られ運がよかったのだろう。

シベリア抑留で幾多の無念を抱き、他界していった戦友を思い浮かべるにつれ、申し訳ない気持ちに駆られてきた。亡き戦友達のために何かしなければという意識が重くのしかかるものの、徒に時が過ぎてしまった。

還暦を過ぎ、生業のノベルティ製作も暇になってきたので、念願の本を書く気になった。〉

ここでいう「ノベルティ」とは、陶磁器製の人形や置物などをさす。

特に「瀬戸ノベルティ」は、精巧な造形や繊細な絵付け、多彩なラインナップなどが海外で評価を受け、戦後の瀬戸の焼き物づくりの中心的役割を担ったといわれる。

それにしてもタイトルの「ダモイ」とは何だろう。しかも「偽り」とある。言い知れぬ不気味さが漂う。そう思いつつもすぐには読み進まなかった。

当時、私は教員で五十代前半だった。仕事量も増えていた。家業の農家の手伝いや、子どもの進路のことなど、多忙な日々を過ごしていた。本を読む心のゆとりはなかった。

ともかく本を受け取ったことと、父が亡くなったこと、この二つだけは知らせなければと、手紙にして加藤さんに送った。

すぐに返事がきた。

〈あれから（帰還してから）五十年以上経ち、遅すぎたのでしょうか。シベリアからの帰還船で出会った仲間、二十三人に出したのに、ほとんど返本ばかりでした。受け取ってもらえたのは、貴女を含め、たった三人でした。〉

残念そうな言葉が並んでいた。

父はシベリアでの体験について、家族に何も話さなかった。だから、どこの収容所にいたとか、どんなふうに過ごしていたかなど、全く知らなかった。

子どもの頃、私は冬になると霜焼けができた。手の甲は赤く腫れ、やがて崩れてぐしゃぐしゃになった。かなり重症だった。

「寒い」

と、父に訴えると、

「シベリアはほんこん（本当に）さびいど（寒いぞ）」

力を込めて父は言った。こんな日本の寒さなど、寒いうちに入らないと言いたかったようだ。

「どれほど寒いの」

「凍傷だ。凍傷になると、手足を切断しねっきゃおいね（しなくてはいけない）」

「切断」という言葉を聞いて怖くなった。戦地をうかがわせる言葉は、その「寒い」ということ以外に、何も聞いたことがなかった。

ただ、祖母から父は、加藤さんの本に記されているように、昭和二十三年六月に、「恵山丸」という船で京都の舞鶴港に引き揚げてきたこと、戦争中は「衛生兵」だったということを聞いていた。

『偽りのダモイ』

『偽りのダモイ』は、その後、記憶から消えていたが、八年後の平成二十四年夏、仏壇の下の戸棚を掃除中に偶然発見した。

ああ、こんな所にあったのか。忙しい日々を過ごしていて、読まないまま、すっかり忘れていた。

加藤さんに申し訳ないことをしてしまったと思った。

だが、今なら読める。教員だった私はこの年、定年退職していた。時間的にも気持ちの面でもゆとりがあった。

すぐに「ダモイ」という言葉の意味が分かった。ロシア語で「帰る」だった。『偽りのダモイ』とは、「だましの帰国」という意味らしい。私は父から「ダモイ」という言葉を聞いたことはもちろんないが、おそらく父も同じ思いを持っていたに違いない。

この本はシベリア時代の父を知る手掛かりになるような気がした。そして、いつしか本の中の加藤さんに、父の姿を重ねていた。

本の書き出しはこうだった。

〈昭和二十年八月九日、午前二時頃であった。〉

八月九日未明といえば、まさにこの日、この時、ソ連は日本に宣戦を布告、満州・樺太・朝鮮半島・千島列島に侵攻を開始した。

これに先立つ昭和二十年四月五日、ソ連は「日ソ中立条約」の事実上の破棄を通告してきた。これは、ソ連の侵攻を予感させたが、当時の日本に対ソ戦争に備える力はすでになかった。

当時、牡丹江にいた加藤さんの隊はソ連軍の捕虜となり、ソ連兵から、

「もう戦争は終わった。ダモイできる」

と言われた。だが、帰国どころかシベリアの収容所に連行されたのだ。

十日以上も汽車に揺られた。やがて、海が見えた。日本が近いとみんな喜んだ。だが、それは海ではなく、日本からはるかに遠いバイカル湖だった。

そこからまた汽車に数日揺られ、着いた所は「イルクーツク州タイセット地区ネー

ブルスカヤ」だった。シベリアのど真ん中の大雪原だった。

「部隊長以下将校四名、下士官三十名余、以下、兵四百数十名、合計五百名の人達の収容所」だった。

一年の半分の気温が零下で、冬はマイナス三十五度にも下がるという酷寒の地だった。そんな場所で、強制労働させられたのだ。

「シベリア抑留」と一口に言うが、東は樺太から西はウクライナの方まで、広範囲に収容所があったという。抑留された人の数は、五十万人以上といわれる。ものすごい数だ。

なんのために……。

戦争によって破壊された鉄道や、ビルや、道路などの建設に、抑留された日本人たちは駆り出されたのだ。なんと強引なやり方だろうか。

飢えと寒さと重労働

連行されたのは、満州とソ連の国境付近にいた加藤さんら日本兵をはじめ、満州開拓団の人達だけではない。さらには北朝鮮、樺太、千島列島などからも、強制連行されたのだ。

連行へのだましの手口は「日本ダモイ」、「東京ダモイ」、「ダモイ」という言葉だった。

「日本に帰れる」と、喜んで付いて行った先が、極寒の地だったのだ。

収容所でもソ連兵はたびたび「ダモイ」をチラつかせた。その度に日本人は、喜びと失望を繰り返した。怒気と不気味さを漂わせた「偽りのダモイ」というタイトルにした加藤さんの気持ちが理解できる。

捕虜の暮らしがどんなものであったか。想像を絶する「悲惨さ」に尽きる。

住まいは丸太の掘立小屋のようなもので、二段ベッドのような造りになっていた。部屋の中央に、ドラム罐のストーブが一つあるのみで、室内の温度は常に零度以下だった。寒いので、凍え死なないよう、くっつきあって寝た。

病気になると、療養所のような所に入れられるが、簡単な治療しかしてもらえず、すぐに労働に戻された。

食べ物は粗末で少量だった。飯盒《はんごう》の蓋に九分目くらいの雑炊。中身はコーリャンと米と野菜。それに少しの油と肉と岩塩。

昼食と夜食はカチカチの黒パンに、味の薄いスープだった。栄養も彩りもあったものではない。

着るものも着た切りだった。例えば靴。穴が開いても履くしかなかった。たまに新品が支給されるが籤引きだった。加藤さんは、たまたま当たり籤を引いて大喜びしたが、入浴している間に盗まれてしまった。たった五分間だけの、「新品」の感触だった。結局、履き捨ててあった誰かの古い靴を履くしかなかった。

空腹のあまり、加藤さんは道に落ちていた牛のフンをジャガイモと間違え、口に入れてしまった。凍っていたから見分けがつかなかったのだ。飲み込む直前に吐き出したが、しばらくは口の中が不快で、気持ち悪かったという。飢えて思考が停滞していたのか。何を見ても食べ物に見えたのだった。

加藤さんの最初の労働は、大木の伐採だった。二人引き鋸で調子を合わせて引き合い、一気に切り倒すのだが、空腹と寒気のため動くだけで大儀な重労働だった。だが、カマンジール（作業監督）は『ベストレ、ベストレ（早く、早く）』、「ダワイ、ダワイ（働け、働け）」と急き立てた。

ノルマを達成できないと、夕食の黒パンを減らされた。食べなければ力が出ないのに、ひどい仕打ちだった。

重労働をする男性は、一日四五〇〇キロカロリー程度が必要といわれる。それなのに、わずか八〇〇キロカロリーだった。

何もせず、寒気に耐えているだけでも八〇〇キロカロリーでは全然足らない。いかに少ない量で働かせられていたか分かる。

誰もが骨と皮だけになった。ばたばたと飢餓で亡くなる人が相次いだ。


加藤さんは創意工夫の人だった。食べ物が無ければ積極的に探した。

ある年の雪解け後、道端に生えていたヨモギを摘み、配給の黒パンに混ぜた。少しでも量を増やそうとしたのだ。ストーブで焼くとコロッケのように見えた。

「コロッケだ」。周りの仲間が真似をした。

また、藜《あかざ》という草を摘み、木を燃やした炭の上に置くとじりじりと焼け、ホウレン草の味がしておいしかった。これもみんなが真似をしたので、道端から藜の草が無くなったという。

死んでいた蝮を見つけた時は、滋養のために喜んで食べた。生きることは食べること。こうしたことが帰還に繋がったのだと思う。わが父は、ひもじさにどう耐えたのだろう。

ふと、父のことを思い浮かべ、想像した。加藤さんたちと同じように、道の草を摘んで食べることもきっとあったに違いない。

「よーいとまいた」

凍てつく中の伐採労働は、もともと丈夫でなかった加藤さんをいっそう衰弱させた。ソ連の女性医師は尻の肉をつまんで筋力を調べ、四段階労働に分けた。一、重労働、二、中労働、三、軽労働、四、病院送り、だった。

加藤さんは、「軽労働」と言われた。重労働は、森林の伐採で、軽労働は材木搬出だった。

軽労働といっても、シベリアの雪の中の仕事だ。軽く済むはずがない。

十人一組で重い材木を雪の上で動かす。組の一人が、

「よーいとまいた」と音頭を取った。

するど、他の九人が声を揃えて、

「そーらまいた」と力を合わせる。

難儀な作業であることに変わりはないが、みんなが日ごろ思っていることを「よーいとまいた」の替え歌にして働いた。

「よーいとまいた」とは、どういう意味だろう。てっきり加藤さんの故郷の方言かと思い瀬戸市立図書館に聞いてみた。すると、電話に出た男性が、

「方言ではないですね」

と言いながら、調べてくれた。

数日後、電話をいただいた。

「かつて苫小牧の製紙工場で、丸太の上げ下ろしをしていた際、『よーとまけ』という掛け声が使われていたようです。『ヨイトマケ』が語源ではないでしょうか」

という回答だった。

そこで、「ヨイトマケ」を調べると、「ヨイっと巻け」からでた言葉だと知った。

日本の各地から集まった日本兵は、シベリアの地で重い丸太を運搬する際、「よーいとまけ」を「よーいとまいた」という言い方に変えて使っていたのだろうか。

以下、木材を運び出すシーンがある。

〈朝七時、ラーゲル（収容所）を出て作業場へ、七時四十五分頃着く。すぐみんなで火焚きにかかる。こういっ動作はみんな素早い。大きな焚き火を囲んで休憩していると、下の方からカマンジール（監督）がやって来た。それを察知した一人が大声で言う。

「ロスケがくーるぞ、よーいとまいた」

みんなが声を揃えて、

「ロスケがくーるぞ、そーらまいた」

と言って、重い腰を上げる。作業中も、

「ぼーた餅喰いたい、よーいとまいた」

誰かが言うと、

「おーれも喰いたい」と応じ、まわりも、

「そーらまいた」と合わせる。

「天ぷらが喰べたい」「すきやきが喰べたい」「おはぎ」、「バナナ」、「串カツ」、「ヨーカン」と、それぞれが喰べたいものを唱えた。みんな同じ気持ちで思い切り唄う。だが、気分は良いが、長くは続かない。腹が減って疲れが溜まってくるからだ。

日が暮れると、

「もーじきおわりだ、よーいとまいた」

「はーやくかえろー、そーらまいた」

「たたみがこいし、よーいとまいた」

「でんきがこいし、そーらまいた」

「こーんなくらしが、よーいとまいた」

「しーぬまでつーづくさ、そーらまいた」

「はーらがへったぞ、そーらまいた」

「それならおわろー、よーいとまいた〉

辛いはずの作業なのに、なぜか明るく感じられる。これはどうしたことだろう。救いである。

「いつまでこんな暮らしが続くのだろう」と、誰しも思っている。

だが、言ったところで誰にも分からない。投げやりな厭世的な気分で、「死ぬまで続くさ」と誰かが言う。すると続けて、「腹が減った」と言う者がいて、現実に戻る。

この場面は、みんなが声に出して、調子を合わせることで、絶望の中で今日を生き延びている様子が伝わってくる。

日本語が分からないソ連のカマンジールには、単に労働歌に聞こえただろうが……。「よーいとまいた」という、歌のような掛け声が自然に生まれたことで、辛さを分かち合い、労働に耐えたのだと思うと、胸が熱くなった。

私の父も、別の地で、同じような輪の中にいたのだろうと思った。

斧で指を叩く

風呂はない。着替えの服はない。着のみ着のままの暮らしは、ノミ、シラミ、南京虫などの寄生虫に年中悩まされていた。

特に、頭や陰部、わきの下に巣食うシラミはやっかいだった。

女性のロシア人医師が、ズボンを脱がせ、点検して、

「全員、毛を剃るように」

と命じた。

理容師だった日本兵が剃刀で剃ってくれるのだが、ロシアの石鹸は泡が立たず砂のような代物で、毛をむしり取られるようだった。

体調が悪い時も休めなかった。

ある時、加藤さんは風邪気味で寒気と息切れがひどかった。熱を測ると三十七度。この程度の微熱では休ませてもらえない。分かっているが何としても辛い。

〈あることが閃いた。

思い切って、両手の軍手を脱ぎ、左手の人差し指を太い薪の上に斜めに置いて支えた。鋭く研いだ斧を右手に握って、薪を支えている左手の人差し指を斜めに叩いてみた。少し切れた。

もう一度やり直して力を込めて叩いた。斧の刃は左手の人差し指を斜めに深く切りさき、骨で止まった。

切れ口はべろんと開いて濃い血がどくどくと流れ出て来た。〉

加藤さんは、わざと自分の指を斧で切ったのだ。危険な行為だが、こうまでしなければ重労働から逃れることはできなかった。身を護るために自らを傷つけたのだ。体調が悪いまま作業して、倒れたり、亡くなったりした人をたくさん見てきた。

「しまった。指を叩いちまった」

そう言いながら、医務室へ向かった。

収容所の医務室では縫合できなかった。赤チンで洗い、切れた指が曲がらないよう当て木と包帯を厳重に巻かれただけだった。

三日間の「軽作業」を言い渡された。

思い通りにはなったが、この後、加藤さんは自責の念に駆られた。

「これは卑怯者のすること、男子のすることではない。組の人に対して申し訳ないことをした」。大いに反省したのだった。

この時の「軽作業」は、「糞筍《フンジュン》折り」だった。これは、厳寒期に排泄した汚物が下から徐々に積み重なり、凍り付いて筍が伸びてきたような形になるのでそう言われた。

二メートルくらいに伸びてくると、先が尻に届きそうになる。それを鶴嘴《つるはし》で叩いて折るという仕事だった。とても軽作業には思えないが、その場面はこう描かれている。

〈纖維質が混じり、粘っこい物が凍り付いたのだから、何十回も叩いて、細くしてから叩き落とさなければならない。叩く度に凍った飛沫が顔や服に飛びつく。付着した糞沫が溶けて染みつくと、臭いが取れなくなる。この作業は休憩が多く、作業時間も短く、ノルマがないから楽だった。〉

「糞箭折り」が軽い作業とは。私には、究極の「罰ゲーム」のように思える。酷寒の夜、外に出て用を足す。寒いのでトイレまで行かず、雪の上で済ませる人も多かった。早く用を足さないと、尻が凍ってしまい、大変なことになる。慌てて用を足し、戻ると、自分がどこに寝ていたか分からない。足の本数を数えて、自分は七番目に寝ていたとしたら、十四本目に潜り込んだという。

特に一〜二月の厳冬期の寒さは、連日、氷点下三十〜三十五度。寒気に晒され、空腹に苛まれ、その上重労働。みんな痩せ衰え、往時の面影は無くなった。

〈餓鬼のような身で疲れ果てて収容所へ戻ると、すぐ割り当てられた数十センチ四方の場所に座って、しばらく休む。

その日の当番は、組の夕食のめし上げに炊事場に行く。ついでに、天秤で雑炊の時も黒パンの時も正確に量って分配する。

それが終わると数名ずつが膝を接して向かい合って車座となり、中央に松明を焚いて夕食をゆっくり食べる。その時が一番幸せを感じた。

ある日、隣の組の一人がしきりに、

「うんまーなー」と言いながら舐めるようにして雑炊を食べていたが、突然座った姿勢が硬直したようになった。

「あれ、どうしたのだろう」と見ている間に前のめりになり、うつ伏してしまった。〉

このように死んでいく人もいたのだ。亡くなった人が出れば、衣類をはぎ取り、裸にしてまとめて一か所に置き、凍土が溶けたら穴を掘って埋葬した。

なんという劣悪な環境だろう。そんなことは二度と思い出したくない。家族や子どもに話したくない。私の父は、そう思ったのだろうか。

異国の歌姫

この本の中で最もきらめいているエピソードと思ったのは、ロシアマダムとの交流だ。

ある時、出征で夫を失ったという若い未亡人の家のジャガイモ掘りに、加藤さんともう一人の日本兵が駆り出された。

長い柳の鞭を持ったマダムは、二頭立ての牛車の駅者台に座り、その両脇に加藤さん達が座った。

ジャガイモ畑に向かう道は、のどかな平原の一本道だった。マダムが、

「歌を歌いなさい」

と、突然二人に命じた。仲間は、

「ニエット（いや）」

と断った。加藤さんは、

「軍歌でもいいか」と断って、「勝ってくるぞと勇ましく」と歌った。

マダムは「ハラショー」と、拍手をしてくれた。

お返しに、今度はマダムが歌ってくれた。「カチューシャ」の歌だった。腹の底から喉を震わせて、迸り出る透明な迫力のある美声だった。歌詞が分からなくても、豊かな声量と妙なる旋律はすばらしかった。

我を忘れて聞き惚れた加藤さん達は、大拍手をした。

「生きていてよかった。人間にはこんな素晴らしい芸術があることを知った」

と、記している。

「カチューシャ」の歌は、「りんごの花ほころび」の日本語で有名な歌だ。私も聞いたことがある。「カチューシャ」は、ロシアの一般的な女性名で、「エカテリーナ」の愛称だという。

この歌は、出征した恋人を想う少女カチューシャの切ない思いが込められたものだ。日本語の歌詞もいいが、ロシア語訳の歌詞はドラマチックである。

カチューシャが、霧のかかる川岸に立ち、遠い国境にいる恋人の兵士に歌を届けるという設定だ。

四番まであるが、そのうち、一番と二番はこうである。

（作詞　ミハイル・イサコフスキー）

一　咲き誇るりんごと梨の花
　　川面にかかる朝靄
　　若いカチューシャは歩みゆく
　　霧のかかる険しく高い川岸へ

三　おお歌よ乙女の歌よ
　　太陽をかすめ鳥の如く飛んでゆけ
　　遠い国境の若き兵士の元へ
　　カチューシャの想いを届けるのだ

四番は「彼は祖国の地を守り、カチューシャは愛を強く守り抜く」と、高揚した内容になっている。

マダムは、カチューシャになり切って歌い上げたのだろう。

兵士の夫を亡くしたマダムと、異国で捕らわれの身の日本兵。ロシア語の歌詞は分からずとも、互いに心に響き合うものがあったに違いない。

帰り道、マダムは、

「日本の歌を教えて」

と言った。子どもの歌でもよいというので、加藤さんは童謡の「アメアメフレフレカアサンガ　ジャノメデオムカエウレシイナ　ピチピチチャプチャプ　ランランラン」と歌った。

すると、マダムは何度も繰り返し、すっかり「アメアメフレフレ」の歌を覚えてしまった。このときのことを加藤さんは、

〈シベリアに来て、生まれて初めて二頭立て牛車で、「異国の歌姫」と一緒に晩秋の曠原をピクニックできた。捕らわれの身を忘れ人間としての心が甦った、楽しい一日であった。〉

そう書いた。

抑留の日に遭わせた敵国は憎いが、歌は、人間同士の心をつないだのだった。この

本の中で唯一、ほのぼのとした箇所で、私の好きな場面である。

私の父は、「衛生兵」だった。病人の世話に明け暮れる中、現地の人との「交流」はあったのだろうか。父にも、心和むひとときがあったならうれしいと感じた。

読後、加藤さんに、本の感想を書こうと思った。最初に本をいただいた時からだいぶ経っているので、「何を今ごろ」と思われないだろうか。それでも、書かずにはいられなかった。

舞鶴の桟橋

〈加藤様、すっかりご無沙汰をしてしまいました。数年前、『偽りのダモイ』を贈っていただいた、唐鎌榮一の娘の良枝と申します。

最近、大掃除をしていて、仏壇の下の戸棚からあなた様の本を見つけました。忙しさにかまけて今まで読まなかったこと、本当に申し訳ありませんでした。この度は、じっくりと読ませていただきました。

生前、父はシベリアでのことを何も語りませんでした。どこに抑留され、どんな暮らしをしていたのか、どのようにして帰ってきたのかなど、全く知りません。そのまま父は亡くなってしまいました。

最近、頓《とみ》に知りたいと思うようになりました。でも叶わないことでした。

そんな時、再び、加藤さんの本を見つけたのです。再会できたのです。私は、いつの間にか、加藤さんに父の姿を重ねて読んでいました。

牡丹江にいた加藤さんがソ連兵に、

「もう戦争は終わった。戦う必要がなくなった。トウキョウダモイ。武器を全部捨ててついてくるように」

と言われ、延々と歩かされたうえ、汽車に押し込まれ、着いたところはバイカル湖の西、シベリアのラーゲル（罪人収容所）でした。「イルクーツク州タイセット地区ネーブルスカヤ」という酷寒の地でした。

そこで木材の伐採や鉄道の敷設、煉瓦作り等々の重労働に明け暮れたのでした。粗末で少ない食事しかなく、朝から晩まで働かされました。

けれども加藤さんは、様々な工夫を凝らしながら、凍土で逞しく生き延びてこられました。

もし、今の時代だったらこのような極限の中で、一体どれほどの若者が生きて帰れるでしょうか。

温暖な房総に戦後生まれて、食べ物にさして困らなかった私など、数日と生きていられないでしょう。

あなた様の本をきっかけに、私はシベリア抑留についてもっと知りたいと思い、インターネットや本などで調べました。

厚生労働省のシベリア抑留者数を見ました。その数、約五十七万五千人。うち、死者六万人。帰還した人、四十七万人とありました。

また、別の資料では、この数より二十万人ずつ抑留者と死者の数が多いというデータもありました。

いまだ抑留者の正確な数は分からないというのが本当の所なのでしょうか。生存不明者が、大勢いるということも分かりました。

こんな大変なことがあったのに、中学や高校の歴史では全く習いませんでした。

それにしても、極度の寒さと飢えと強制労働などを乗り越えて、日本に辿り着いた人の生命力には驚くばかりです。何も言わなかった父ですが、よくぞ、帰ってくることができたものと、改めて思いました。

雪と氷のシベリアから、日本の舞鶴港に帰ってきた時の感動は、想像するにあまります。加藤さんはこのように記しています。

「崖の上から横に突き出た松が潮風に吹き晒されている風景に感動したり、岩に砕ける波しぶきの美しさに見ほれた。日本の美しさがうれしい」と。

私も加藤さんや父が見たこの景色が見たくて、六月の舞鶴を訪ねました。

千葉から電車を乗り継いで行きましたが、とても遠かったです。

「東舞鶴駅」で降り、バスに乗り「引揚記念公園前」に着くと、目の前に海が見えました。

穏やかな入り江は、鏡のように青く澄んでいました。湾を囲む松の木の緑は滴るようでした。私の住む外房の太平洋の海とはまた違って、しっとりとした、本当に日本らしい景色でした。

加藤さんの描写の通りでした。父もこの景色を見たのだと、うれしくなりました。

「平《たいら》引揚桟橋」と書かれた木造の桟橋がありました。平成六年復元された桟橋でした。

引揚船を迎える人も、船から降りた人もこの桟橋に立ったのだと思いますと、

郵便はがき

料金受取人払郵便

新宿局承認
7552

差出有効期間
2024年1月
31日まで
(切手不要)

160-8791

141

東京都新宿区新宿1－10－1

(株)文芸社
愛読者カード係 行

お名前《ふりがな》			明治 大正 昭和 平成 年生 歳	
ご住所《ふりがな》	□□□-□□□□			性別 男・女
お電話番号	(書籍ご注文の際に必要です)	ご職業		
E-mail				
ご購読雑誌(複数可)			ご購読新聞 新聞	

最近読んでおもしろかった本や今後、とりあげてほしいテーマをお教えください。

ご自分の研究成果や経験、お考え等を出版してみたいというお気持ちはありますか。

ある　ない　内容・テーマ(　　　)

現在完成した作品をお持ちですか。

ある　ない　ジャンル・原稿量(　　　)

書　名				
お買上 書　店	都道 府県	市区 郡	書店名 ご購入日	書店 年　月　日

本書をどこでお知りになりましたか?
1.書店店頭　2.知人にすすめられて　3.インターネット(サイト名　　　　)
4.DMハガキ　5.広告、記事を見て(新聞、雑誌名　　　　)

上の質問に関連して、ご購入の決め手となったのは?
1.タイトル　2.著者　3.内容　4.カバーデザイン　5.帯
その他ご自由にお書きください。
(　　　　)

本書についてのご意見、ご感想をお聞かせください。
①内容について

②カバー、タイトル、帯について

弊社Webサイトからもご意見、ご感想をお寄せいただけます。

ご協力ありがとうございました。
※お寄せいただいたご意見、ご感想は新聞広告等で匿名にて使わせていただくことがあります。
※お客様の個人情報は、小社からの連絡のみに使用します。社外に提供することは一切ありません。

■書籍のご注文は、お近くの書店または、ブックサービス(0120-29-9625)、セブンネットショッピング(http://7net.omni7.jp/)にお申し込み下さい。

いっそう感慨深く思えました。

桟橋の脇に、長い紐の垂れた鐘がありました。「語り部の鐘」というその鐘は、引揚船の「号鐘」をイメージしたものとのことでした。

「どうぞご自由にお打ちください」の表示板があり、作法も記されていました。

一打　強制抑留中死没された方々の招魂、慰霊。

二打　強制抑留引揚の苦難顕現。

三打　平和祈願、不戦の誓い。

私は心を込めて、三打鳴らしました。二度と戦争のない世でありますようにと祈りました。

引揚記念館の中にも入りました。丸太小屋を模したラーゲルでの暮らしが再現されていました。白樺の木の皮に書いた短歌や俳句などの展示物もありました。

白樺の皮を紙の代わりにして、煤を墨の代わりにして書きつけてありました。文字は力強く、生きている証を刻印するかのようで、圧倒されました。

シベリア抑留の息子の帰りをこの岸壁に立って待ち続けたという「岸壁の母」の歌のモデルの女性のことを報じた新聞記事も掲げてありました。

あの当時、ひたすら息子や夫の帰りを待ち続けた、多くの「岸壁の母」や「岸壁の妻」がいたことも知りました。

そんな中、印象的な大きな写真を見つけました。それは引揚船が舞鶴港に接岸する様子を撮ったものでした。思わず、父の顔はないかと探してしまいました。引揚船が違うので、いるはずはないのですが。

桟橋で待つ人も、船のデッキから身を乗り出して手を振る人も、満面の笑みの写真でした。

帰りの船の中は、やっと日本に帰ってきたという喜びに沸いていたことでしょう。「また会おう」。互いに手を握り、肩を叩き合って再会を約束し合ったことでしょう。

父はこの時、加藤さんと住所の交換をしたのですね。本を贈っていただいて本当にありがとうございました。改めてお礼申し上げます。

加藤さんのお手紙を読んで、一つ疑問が解けたことがあるのですよ。

それは生前、父はよく「人参炒め」を作りました。父が作れる唯一のメニューでした。たっぷりの油で乱切りにした人参を炒めただけの料理です。味付けは醤油だったか塩だったか忘れましたが、人参が油でてらてらして、あまりおいしそうではありませんでした。なんでこんなのを旨そうに食べるのか不思議でした。

ところが、加藤さんの本の中で見つけたのです。

コルホーズの畑仕事に駆り出された時、ソ連の娘さんから、丸っこくて赤い人参を小刀で半分ずつ切って貰ったという場面がありましたね。その味は甘柿のような歯ごたえだったと書かれてありました。

もし、父もシベリアで人参を食べたことがあったとしたら、甘柿のような旨さがきっと忘れられない味だったに違いありません。

柿といえば、わが家の庭には七、八本の柿の木がありました。毎年たわわに実りました。今はもう木はありませんが、子どもの頃私もよく食べました。

父がシベリアで故国を思う時、家族の顔とともに、庭の柿の木も思い浮かべていたに違いありません。

シベリアの人参は、特別な味だった。

そう考えると、帰還後、忘れられないあの人参の味を再現しようとしていたのでしょう。

加藤さんの本のおかげで、私はシベリアのことをたくさん知ることができました。亡き父と会えたような気もいたしました。

本当にありがとうございました。

唐鎌　良枝〉

折り返し、静夫さんから親しみのこもった返事が届いた。今まで「貴女」だったのが、「良枝さん」に変わっていた。

優しい衛生兵

〈お便りありがとうございました。良枝さんがお父様をお思いになるお役に立っていると思うと、私はうれしく思います。

お父様は衛生兵として勤務なさっておられたそうですが、私が思いますに、きっと良いお方だったと思います。温厚篤実な人柄の良さを見込まれ、推薦されて衛生兵になられたお方だと思います。

私ごとで恐縮ですが、昭和十八年六月七日に応召。旧満洲国奉天省遼陽第三〇三部隊入隊後、十九年一月中旬、動員令が下る二日前のことですが、同じ班から衛生兵として勤務なさっていた衛生兵殿が私を見て、

「加藤、お前顔色が悪いが、どこか悪いのじゃないか」

と言われるので、

「はい、どこも悪くないです」と、言いますと、私の額に手を当てて、

「ちょっと熱があるなあ」と言われ、体温計で測られ、

「三十七度あるぞ」と言われました。

「いつも一晩寝ればなおりますから」

と言うと、

「大事な時だから、掃除はよいからもう今日は寝よ」

と言われました。

「もうすぐ点呼ですから」

と言うと、

「班長に言っておくから寝よ」

と言って、班長室の方へ行かれました。

自分一人点呼に出ず、寝るのは心配だったが、衛生兵殿の言われることだから寝させてもらいました。

翌朝、衛生兵殿が出勤前に来られて、私の体温を測って、

「やっぱり三十七度あるなあ。下がっておらんじゃないか。一日休め、連兵休だ」

と言って医務室に行かれた。

それから二日後、部隊はマリアナ諸島へ出動されたのですが、行く前の夜、衛生兵殿が来られて、一枚の紙を私に渡された。

「医務室は今夜限りだから、明日の朝、この紙を持って病院に行け。完全に健康になって後から来い」

と言って出て行かれた。その紙には、「病名　肺浸潤の疑いあり」と書いてあり、軍医殿の名前と捺印がしてあった。

温厚な衛生兵殿の御恩を忘れかけた時、お父様が衛生兵であられたと知り、今また目が覚めた思いです。ありがとうございました。

明日は、愛知県護国神社で慰霊祭がありますので、お参りに行ってきます。

加藤　静夫〉

父が、この手紙の方のような立派な「衛生兵殿」であったかどうか分からないが、「衛生兵」の仕事の一端を垣間見せてもらったようで感謝した。

それにしても、過酷な抑留生活を経て、帰還した加藤さんと父のその後の人生は随分違う。もちろん、違って当たり前なのだが、何というのか、特に晩年になるほど、「生きる姿勢」に違いが出てきたような気がする。

加藤さんは帰還後、瀬戸ノベルティの原型師として活躍した。原型師とは、瀬戸ノベルティのもとになる人形や置物などの原型を粘土で制作する職人のことである。

さらに還暦後は、無念を抱いて異国の土となった仲間への鎮魂から本を書いた。

では、わが父は帰国後、どう生きたのだろう。

酒と牛《べこ》と

父は大正八年八月十六日に、私が今も住む千葉県の大多喜町で生まれた。十歳の時、父親が病気で亡くなり母親、祖父母、弟二人と妹が残された。

母を助け、学校を出ると田んぼや畑を耕していたが、二十六歳の年に召集。陸軍兵として中国へ渡った。その後シベリアに三年抑留され、三十一歳の時帰還した。

「帰ってきた時は、毎日縁側でぼうっとしていた」。祖母からそう聞いたことがあった。

町役場に勤め口を得た。三十三歳で結婚。隣村から嫁いできた母は二十代初め。父と十歳離れていた。

長女である私が生まれたのは、昭和二十六年五月だった。父が勤めに出て、母が田んぼや畑の仕事を担うことになった。休みの日は父も農家の仕事を手伝った。まじめで働き者の父だったが、これといった趣味はなかった。周りの人は、父のことを「ああ、酒好きの人ね」と評した。

私が物心ついた頃から、飲まない日はなかった。お客が来れば、これ幸いと、母に酒を催促し、母はしぶしぶ出していた。

仕事帰りに飲んでくることも多かった。とにかく「呑兵衛」だったのだ。

近所の人からの頼まれごとは気軽に応じていた。地域の役仕事も進んで引き受けていたし、生活保護の家庭の申請手続きや相談に乗るなど、面倒見がよかった。頼まれると、縁談の世話もした。仲人も四、五回引き受けていた。

どこへでも足を運び、お酒を頂いてはごきげんで帰ってきた。

三十代から四十代の頃の父は、充実したいい時代だったのではないだろうか。

夕食時、父は家族にその日の出来事を得意気に話した。

「今日仕事で会った誰それさんは、○○市の偉い人で大学出だ。学歴のない俺に丁寧に対応してくれて、話がスムーズにまとまったよ」

話の中身は普通なのだが、普通ではないところがあった。その時の会話のやり取りを、一人二役で再現するのだ。子ども心に「なんか自慢ぽい」と感じながら見ていた。

そんな父を母はたいてい無視していたが、

「父ちゃんって、えらいね」

と、誉めてもいた。

今思うと、父は、自分が家族のため、家のためによく働いていることを認めてほしかっただけなのだ。父の一人二役の芝居がかった話も自己アピールだったのかもしれない。


父は、「衛生兵」をしていた経歴を買われたのか、役場の伝染病係をやっていたことがあった。

当時、「赤痢」とか、「疫痢」に罹患する人が多かった。戦後すぐの頃の農家は、まだ上下水道がなく、不衛生なことが多かったのだ。

「赤痢」の疑いが出ると、父はその家に行き、家族を病院に送ったり、自ら消毒薬を散布したりした。保健所の機能がまだ不十分だった。

そうした働きが認められ、県知事さんから感謝状をいただいたことがあった。長いこと家の奥座敷の鴨居にその賞状が一枚、掛けてあった。

いつから酒の弊害が出てきたのか、分からないが、依存症の傾向は案外早くからあったような気がする。

私が小学生の頃、学校に提出する用紙に保護者名を書く欄があった。そこに記入しようとペンを持った父の手元は、微かだが、明らかに震えていた。

母は酒量が増えていく父を嫌い、なんとか減らそうとやきもきしていた。自分が咎めても効果がないと思ったのか、小学生の私に、たびたび手紙を書かせた。

〈とうちゃんへ。おさけをあまりのまないでください〉

手渡すと、神妙な顔をしてじっと手紙を見ていた。

「はあ（もう）、飲まねえよ」

「ほんとうだね」

「おうよ」

だが、父の飲酒は止むことはなかった。

祖母は、戦争に行く前はそんなに飲まなかったと、縫物をしながらよく私にこぼした。

その祖母が亡くなった時、父は、

「ばあちゃんは苦労したんだ」

と、頭を振りながら拳で涙を拭いていた。うまく言葉で言えないが、その時、祖母と父の深い絆のようなものを感じた。


父は、「牛」の世話をよくした。役場に行く前と、帰ってきてからの夕方の二回。必ず牛小屋を覗き、牛に声をかけながら餌を与えていた。

早朝五時には起きて、背負い籠にいっぱい青草を刈り、二頭の牛に与えた。牛は農耕用だった。

昭和三十年代、まだ耕運機が普及していない頃、田んぼは牛が耕した。「犂《すき》」という農具を牛に曳かせたのだ。

父が「犂《すき》」を押し、母が牛の脇に立ち、「鼻取り」をした。「鼻取り」とは、牛の鼻輪と竹竿を紐で固く結び、竹竿を持った母が牛と一緒に歩いた。いわば、牛の道案内だ。

祖母は家にいて、小さかった私や妹の面倒を見てくれた。周りには、そんな兼業農家が多かった。

夕方、父は役場から戻ると、牛小屋の掃除をし、餌を与えた。麸《ふすま》という小麦粉の残りかすと、「押切《おしぎり》」という機械で細かく切った藁を混ぜて与えていた。水は釣瓶で汲んだ井戸水。大きなバケツにザーッと入れて飲ませた。

休日には、庭に牛を出し、背中をブラシでこすっていた。牛は気持ちよさそうに目を細めていた。父は牛が好きだった。牛も世話をしてくれる父が好きだったと思う。

数年経つと、牛は売りに出された。

「馬喰《ばくろう》さん」と呼ぶ家畜商の人が牛を引き取りにきた。

売ったお金は、私達子どもの学資金となった。牛は大事な収入源でもあった。

売られていく日のことは、今も忘れられない。

朝、馬喰さんの大きなトラックが庭に到着し、牛が荷台へ上がるための分厚い踏み板が斜めに架けられた。

牛小屋から、父に曳かれて一頭の牛が出てきた。牛の足取りは重い。これから食肉解体場に行き、肉牛になるということは分からないまでも、何事かは感じている。

トラックの前まで来た。牛はピタッと動かなくなった。馬喰さんや父が、背中を押したり、ピタピタ叩いて促したりするが、一向に前に進もうとしない。

「ほら、もう行くんだってよ」

私は、牛の顔をのぞきこんだ。大きな目に涙が溢れていた。

（牛も泣くんだ）。その時初めて知った。

やがてあきらめたのか、牛は踏み板を踏んでトラックの荷台に上がった。

馬喰さんが素早く踏み板を外し、荷台の扉を閉め、鍵をかけた。トラックの造りは、荷台が檻のようになっていて、何本かの横木の枠があり、自由に動き回ることはできなかった。牛はおとなしくなった。

馬喰さんは父や母に挨拶すると、すばやく運転席に乗り込んだ。

母は見送らず、そっとその場から消えた。

「おう、べこが行ぐど（行くぞ）」

父が大きな声で家の中にいる家族に向けて声をかけた。

「べこ」とは、牛のことである。この時、牛に名前が無かったことに気づいた。

家の中から祖母と妹が出てきた。妹は、つっかけを左右逆に履いていた。

「さようなら、べこ」

「元気でね、べこ」

私と妹は、仲の良い友達を見送るように牛に向かって声をかけた。

エンジンがかかりトラックが動き出した。

私と妹は、トラックが見えなくなるまで手を振った。

ラッパ飲み

高校卒業後、私は進学のため家を離れた。その後、就職などでしばらく家を出て、外で暮らしていた。

昭和六十年、三十六歳で戻ってきた。わが家の苗字になってくれた夫と、幼い息子とともに。

「長女なんだから、家を継がなくてはならない」

叱ったり、文句を言ったりすることは、一切なかった父だが、このことだけは、時々、思い出したように言った。

「勝手に決めつけないでよ。私だって、好きな所で自由に暮らしたい」

突っぱねても、

「家を継いでくれよ」

頼むように言うのだった。その度に憂鬱な気分になった。

だが、三十二歳の時、知人の紹介で見合いをした。そのあたりから、年齢もあるのだと思うが、父親の言うとおりにしてもいいかなという気持ちに変わっていた。


父は定年を迎えていた。何とか無事に勤めることができたのだった。

「大酒飲み」の評判が付いて回ったのか、出世とはあまり縁がなかった。

これからは、母と一緒に農家の仕事をするのかと思ったが、なんとなくしゃっきりしなかった。長い勤めを終えて、力が抜けてしまったのだろうか。辞めたらこれをやるというような心づもりも楽しみもないようだった。薄い白髪頭にだらしない髯面。ぐんと歳を取ったように見えた。

近寄るといつもアルコールの匂いがした。

「もっと田の仕事手伝ってくっがいさ（くださいよ）」

「できねえよ」

母と父は言い争いをするようになった。

それでも、父は牛の世話だけはした。もう牛で田んぼを耕す時代ではなくなっていたのだが、なぜか一頭だけ飼っていた。

父は寝る前になると、茶の間にいる私達に、

「さて、牛を見てくるかな」

と腰を上げ、牛小屋に行った。(よく世話するなあ)という思いと、(何をそんなに頻繁に牛小屋に行くのだろう)という思いがあったが、黙っていた。

父は牛小屋で酒を飲んでいたのである。藁の間や農具の隙間に日本酒の四合瓶や、一升瓶を隠し、ラッパ飲みしていたのだ。

父の死後、牛小屋を解体した時、酒の瓶がごろごろ出てきて分かった。アルコールが切れたら牛小屋に行って補充する。酒を飲まずにはいられない。そんな体になっていたのだった。

近くの山で遭難したこともあった。山深い親戚の家に行って、お酒を振る舞われた。夜道を帰る時、迷ってしまったらしい。一晩中、山中をさまよい、朝方にふらふらと歩いて帰ってきた。崖から滑り落ち、這い上がりながら道を探したと言った。シャツは切れ、ズボンは泥だらけ、顔や腕には木の茨《いばら》のひっかき傷がいくつもあった。乗っていた自転車はどこかへ落としたままになった。

ある日、私が仕事から帰ると、幼い息子がいなかった。母に居所を聞くと、

「なんも仕事しないんだもの……。たまには負ぶってもらったよ」

子どもを負んぶしたままどこへ行ったのだろう。私は近所を探した。すると、村に一軒だけの一杯飲み屋にいた。

ガラス越しに、赤ん坊を背中に括りつけた老いた父の後ろ姿が見えた。立ったまま、コップ酒をグイッと飲んでいた。

他に見かけない顔の客が二、三人いて、酒を酌み交わしながら、負んぶ姿の父を笑っていた。

私は勢いよくガラス戸を開け、無言のまま背中の息子を剝がすように奪い取った。

晩年の父の十年間は、身なりを構わず、すっかりヨタヨタになっていた。もう何もかも面倒くさいといった風だった。

そんな父を私は一度、平手打ちしてしまった。

ぐてぐてに酔っぱらって帰ってきたことがあった。

「なによ、情けない。しっかりしてよ」

泣きながら向かっていた。

父は悲しそうにうなだれた。

そんなことをしても、どうしようもなかったのに。何てひどいことを、何て申し訳ないことをしてしまったのだろう。


晩年、父は左足の脛をよくさすっていた。中国にいた頃、足に弾が当たったのだと言った。そんな恐ろしいことがあったのか。大丈夫なのと聞くと、

「応急手当をして、その後はあんともねったんで（何ともなかったので）、治ったと思ってたんだっけんが（いたのだけれど）、この歳になって疼き出した」

と言った。

「古傷の痛み」というが、実際にそんなことがあるなんて。

「雨の前日がおいねんだよ（いけない）」

それ以上のことは何も言わなかった。

傷の痛みも酒で紛らわしていたのかもしれない。

父は六十七歳で脳梗塞を発症し、入院。リハビリの甲斐なく、三年後、七十歳で亡くなった。

父がシベリア抑留から生還できたのは、若く体力もあったし、運にも恵まれたから

だろう。

父にも、戦地で亡くなった仲間に対する思いはあったはずだ。だが、口に出したことはなかった。おそらく口に出せなかったのだ。語ることが苦しかったのだろう……。最近私はそう思うようになった。

抑留時代のことだけでなく、仕事のこと、家庭のことなど、いろいろ悩みを抱えていたのかもしれない。どちらかといえば気弱な性格の父は、酒の力を借りて逃避していたような気がする。

だが、父は一家のため、子どもたちのため頑張ってくれた。父の頑張りがなかったら、私や妹はいない。今は心から父に感謝している。

父が亡くなった晩、牛小屋の前を通り過ぎたとき、ふいに、

「後を頼むど」

という声がした。不思議なことに父の声だった。柔らかなはっきりした声だった。

「馬」と「仔羊」

ある時、加藤さん手作りの瀬戸焼の「馬」と可愛い「仔羊」の置物が送られてきた。それと一緒に古びた「メモ帖」と短い「鉛筆」が入っていた。

〈拝啓、お元気ですか。以前、お手紙で今私が造っている馬がうまくできたらお送りしますと言いましたが、うまくできなかったので二個目を造りましたが、初めに造った物よりへたにしかできないので、これが限界ですから申し訳ありません。

そのかわり、六十五歳の時造って輸出した仔羊一個と、唐鎌榮一さんの直筆の名前を一緒の箱に入れて、それから、満洲、シベリアと五年間旅した鉛筆もご進呈致します。

御笑納して下されば幸せに存じます。

良枝様の御健康と御幸福をお祈り申し上げます。

平成二十六年　四月吉日　　　加藤静夫〉

「父の直筆の名前」とは、引揚船の中で互いの住所を交換をした際、父が何かの紙に書いた名前のことだった。それを送ってくれたのである。

このとき九十六歳の加藤さんは、高齢にもかかわらず、手作りの「馬」を何度も作り直し、送ってくださったのだ。

馬は横二十センチ、縦十二センチで灰色。ゆったりと座っているポーズだ。裏に「二〇一四　加藤静夫」と刻まれていた。

馬は、凛々しい顔というより、落ち着いた穏やかな表情を湛え、見飽きぬ和やかさが漂っていた。

加藤さんは、「馬」に関して特別な思いがあるようだ。

牡丹江にいた時、「液河第六〇部隊病廠」という任務に就いていた。馬の世話をしながら、部隊の陣営具や糧秣《りょうまつ》（※食料や馬のまぐさなど）を何十頭かの駄馬や輓馬に積んで行軍していたのだ。

本の中に、一枚の「馬」の写真があった。

あばら骨が浮き出るほど痩せ衰えている。うつむいている顔は何か訴えているようで、哀れな感じを誘う。その馬は、帰還後に加藤さんが造った馬だ。行軍を共にした馬をモデルにしたのかもしれない。

もう一つの作品の「仔羊」は、小さくて真っ白、いかにも輸出用の置物といった感じがした。

さらに追伸として、こう書かれていた。

〈私の手づくりのメモ帖と鉛筆は、良枝さんのお宅に有るのが一番良いと思いますので、お受け取り下さい。お願い致します。

私も安心できます。

加藤　静夫〉

リュックサック

この鉛筆とメモ帖のことは、本のあとがきには、こう書かれている。

〈収容所での手記を書くきっかけを与えてくれたのは、抑留中にこつこつと書きためたメモ帖とその時使っていた鉛筆だった。〉

出版のエネルギーだったとも言える大事なものを頂いていいのだろうか。

加藤さんがシベリアでの体験記を書き出したのは、帰還してから相当の年月が経ってからだ。誰だって、半世紀近く前のことをいきなり思い出せるものではない。

だが、執筆作業は順調に進んだ。役に立ったのが、中国、シベリア時代を共にした「メモ帖」と「鉛筆」だった。

戦地にいた当時は、忘れないようにと簡単に書きつけたメモであった。人の名や地名、印象深い出来事、ロシア語の単語などだ。だが、それらが後で役に立ったのだ。一つの単語からでさえ、その時の情景が浮かび、広がっていくものだ。次々といろいろなエピソードが思い出されたのだろう。

その「メモ帖」と「鉛筆」を送ってくれたのだった。

鉛筆は、たった四センチほどの長さ。半分以上が芯である。尖り過ぎず、丸すぎず、ナイフで丁寧に削られていた。

一本の鉛筆を、こんなに大切に使う人がいるなんて。

戦後、物の豊かな時代に育った私は、恥ずかしいことに鉛筆もノートも、ほとんど使い切ったことがなかった。ものを大事にしたとはいえない。

今の子どもたちは、この鉛筆を見てどう思うだろうか。目を丸くして、「すげー」「ちっこいけど、かっこいい」などと歓声を上げるのではないだろうか。

メモ帖は、縦八センチ、横五センチ。片手に収まる大きさだ。茶色の更紙が十枚。上の二か所が糸で綴じられていた。

表紙にタイトルがあった。

「昭和二十年十一月

シベリヤ

昭和二一三年六月」

これは、抑留の期間を表していた。

裏に加藤静夫と書かれていた。

それにしても、よく持ち帰れたものだ。ナホトカの港から引揚船に乗る前は、厳しいチェックがあった。

「着ている服以外は全て捨て去れ」

とソ連兵から命じられ、お金も、写真も、どんな小さな書き物も持って帰ることは許されなかった。もし、見つかったら自分だけでなく、周りの仲間も連帯責任で帰れないと脅された。それを持ち帰ったのだ。

そのときのことが、本にはこう書かれている。


〈儂は寒さ厳しいタイセットはじめウラジオストク、ナホトカと、思い出深い所で、寸暇を惜しんで作った細工物一〇点程は、どうしても持って帰りたかった。そのために泥んこの麻袋を洗って丈夫なリュックサックを作ったのだ。

何としても持って帰りたい。ソ連の財産ではないし秘密物は一つも無いのだから。

腹を決めてリュックサックを持って外に出た。組の者から、

「お前こんな物を持って行く気か、やめよ絶対見つかるぞ」

と、注意されたが、見つかったら捨てるまでだ。自己責任で謝ると突っぱねた。〉

加藤さんの並々ならぬ執着を感じる。

さらに日本への引揚船を目前にして、スリリングな場面が続く。

〈全員整列との号令が聞こえたので、咄嗟の閃きで、リュックを三十メートルほど離れた処に走って捨て、すぐ組の整列の中に混じって並んだ。

休めの号令があって暫くすると、大勢のソ連兵が来て持ち物検査を始めた。

全員が何も持っていないので案外簡単に終わった。次に五列縦隊になり点呼。幾組かに分かれたソ連兵が人数を数えた。

十数分で終わり、第一収容所の部隊から乗船が始まった。先頭の部隊が桟橋を渡り船のタアップを上がって行く。

その舳先には、久しぶりに見る懐かしい漢字が力強く「恵山丸」と書いてあった。

確かに日本の船だ。でも本当だろうか。そんな気持ちが交錯した。

いよいよ我々の部隊も行進を始めた。大勢いたソ連兵もいつの間にか一人もいなくなった。

リュックサックが一つポツンと取り残されていた。今がチャンスと素早くそこへ飛んで行き、リュックサックを拾って組の中に走り込み、何気ない顔をして行進した。〉

まさに、一か八かの賭けに出たのだ。緊張感の中で持ち帰った「リュックサック」だった。もちろん、この中には、メモ帖と鉛筆も入っていた。

何と、機転の利く人だろう。しかも、かなりの「勝負師」だ。

メモ帖は……

一枚目
三〇三部隊
中西中尉　洞下中尉
四五三部隊
中嶋少佐　カイ伍長　首藤曹長

加藤さんにとって、絶対的な存在と思われる。良い上官だったのではないだろうか。
嫌な人はわざわざ手帖に書き留めたりしない。

二枚目
リョーヲー一年
牡丹江地区樺林一〇ヶ月？
液化愛河？　三ヶ月
東京域鏡泊湖三ヶ月
牡丹江地区蘭崗二ヶ月
イルクーツク州ネーブルスカヤ三ヶ月
タイセット地区一三六キロ地点一五ヶ月
マルタ地区ハリコ部落五ヶ月
ウラジオ地区ウチヤースト八ヶ月
エメレヤンケ山

出征してから五年の間、中国からシベリアまで、転々とした各地だ。

三枚目
フタロイハリコ村（コルホーズに行った）

ブラーツク～タイセット約三七五キロ間
ボリショイ　ナチャーニツク（所長）
アカザ……シベリアホーレン草

特に印象深い地名や、所長名、おいしかった野草のアカザ、などが書き留めてある。

四枚目
バイカル湖
アンカラ河
トレスキン中尉
ジモスコー下級大尉

湖や河、ロシアの上官の名前など。

五枚目～八枚目
ここからは、ロシア語の単語が四ページにわたって書いてある。

捕虜として生き抜くために必要な単語であったと思うので、全て記載する。

ボリノイ（病人）
クーシャチ（食事）
クーシクーシ（食う）
オボロノ（大便）
ナチャーニック（所長）
ボリショイ（偉大）
オーチンハラショー（大変良い）
ウーメル（死んだ）
ダバイ（行う）
ダモイ（帰る）
カンチャイ（終わり）
ラボーター（作業・労働）
ダーイ（呉れ）
チロウェーク（人間）

ソルダート（兵隊）
ステルブラッサイドラバ（薪木）
タボール（こて？）
ピラー（のこぎり）
ロスダーニヤ（さようなら）
サバーク（犬または狼）
サバークアジナウ（チキショー）
カーミン（石）
カンボーイ（警戒兵）
カントーラ（事務所）
ソンズ（太陽）
コニー（馬）
マシーナー（自動車）
パピロス（巻たばこ）
マホルカ（刻みたばこ）
アゴニー・アゴン（火）

ダー（水）
カルトーシカ（じゃがいも）
オグレーツ（瓜漬け）
パン（小麦）
タスイ（持ってこい）
ドラースチー（ご苦労さん）
スパシーボ（ありがとう）
マーリンキ（小さい）
マーロマーロ（少々）
ニーハラショー（よくない）
ニェット（ない、又は違う）
ダーダ（そうです）
アゲン（一）
ドワー（二）
ツリー（三）
スチーリ（四）

シュス（五）
セーム（六）
オーセム（七）
デェベツ（八）
デビナッ（九）
ヤポンスキー（日本人）
ロスキー（ソ連人）
スパーチ（寝る・休む）
ニムノーシュ（少し）
スーセージ（あなた）
タワリシ（同士）
ターチカ（一輪車）
タコイ（これは）
カーク（何）
ガバリー（言う）
エンシニャ（技術者）

ムメーガー（沢山）
カマンジール（親方・組長）
スダー（来い）
ブラッサイ（捨てる）
ザフトラ（明日）
ウートラ（明後日）
チャーユ・チャイ（お茶）
アジナークー（同じ）
ザフトラウートラ（明日）
ドーシー（雨）
ペースニーポイ（歌を歌え）
ペルボーチ（通訳）
スコイコレーメン（今何時）
スコイコ（幾つ？）

以上、四十六語にも及ぶ単語がカタカナ書きでメモしてある。私はロシア語が分からないので、このカタカナ表記で正しいのかどうかは分からない。

自分や周りに危機が迫った時、これらの単語を叫んで、ロシア兵に訴えたのだろうか。

生きるため、相手を理解するために、一つでも多くのロシア語を知っておこうと努力したのだろう。

九枚目
〈中川一郎　長野の人と思ふ。
背の高い一八八センチメートルぐらいの初年兵で、ネーブルスカヤ（一三六㎞の地点）の時、栄養失調でひどい下痢になり、俺の名を呼び続けて護送されたと聞く〉
過酷な環境の中で、親しみを抱く仲間もいた。それは、郷里が同じ人や、たびたび同じ班や組に配属される人、兵隊になる前、同じ職業だった人など。
この「中川一郎」という人は、本の中にも詳しく出てくる。

密告

「中川」という人は、牡丹江地区樺林第四五三部隊の時同じ班だった。その後、シベリアに抑留されて一年半経って、奇しくも同じラーゲルの同じ組で再会したのだ。

〈大いに感激した。お互い信頼できる者同士なので心強く、協力し合って作業していた。

寒気厳しい昭和二十二年一月三日頃の、夜、点呼が済んで部屋に戻ると、知らないソ連人の男が一人来て、中川君に、

「今夜一晩留守を頼みたい」と言う。

中川君は引き受けて、一緒にその家に行った。この頃はこういうことがよくあって帰りには何か一食分ぐらいはくれた。

元気よく翌朝戻ってくるだろうと思っていたが、帰りが遅い。

我々が作業に出かける頃、やっと戻って来た。青ざめた顔をして腹を押さえなが

らそろそろと歩いてくる。昨夜から腹痛と下痢で苦しんだようだ。

医務室に行って、軍医殿に中川君の容体を話すと、

「炊事場で米と肉と野菜と塩の入った皿をもらい、重湯をつくってやれ」

と言われた。

「中川君、旨い物を煮てやるからなあ」

と、煮炊きを始めた。

するとそれを見ていた者が、

「えらく肉がたくさんある。一遍に喰べさせたら強すぎるよ」と言った。

そうだなと思い、肉を取り分け、外の雪の中に隠した。こうすれば腐らないし、彼が元気になればいつでも喰えるからと思ったのだ。

こうして重湯を中川君の口元にスプーンで運んだ。だが、むせて喰べられない。

「加藤さん、悪いがよかったら喰べてください」

「今、無理して喰べんでも喰べられる時、喰べれば良いで。後で重湯だけでも呑めそうな気がしたら呑もうな」

「心配かけてすみません」》

「中川君」は、加藤さんの両手を握りしめ涙ぐんだという。

加藤さんは中川君が残した冷えた重湯を一人で食べた。その後、雪の中の肉を確かめに行くと、なんと、無くなっていた。だれかに盗られてしまったのだ。

翌朝、中川君は、加藤さんが作業に出かけた後に、自動車に乗せられてどこかの病院に行った。加藤さんの名を呼び続けていた。

意外なことが起こった。加藤さんは軍医に呼ばれたのだ。

「貴様の魂胆は解っている。初年兵を虚仮《こけ》にしやがって。病人の栄養食まで尤《もっと》もらしい口実をつくってピンハネしやがって」

いきなり怒鳴られたのだ。

加藤さんには驚きだった。結果はそうかもしれないが、そんな言いがかりをされるとは思いもしなかった。あまりにも捻《ひね》くれた言われ方に情けなくて訳を言う気にもなれず黙っていたのだった。

あとで、加藤さんと中川君とのやり取りを見ていた者に密告されたと気づいた。

加藤さんは、

〈毎日飢餓の状態のうえ、疲労と厳寒に苛まれ、不足、不満、不自由の中に暮らし

ているると、特に喰べ物について人間はみんな浅ましい動物になってしまう。〉

と述べている。

「中川君」がその後どうなったのかは書かれていない。本の同じページに「戦友を偲ぶ英霊頭部像（二〇〇三年作）」の写真がある。

瀬戸焼の仏様の頭部像である。柔和なお顔は、奈良「中宮寺」の国宝「菩薩半跏像」を彷彿とさせる。

私には、加藤さんが「中川君」をイメージして創作したのではないかと思えてならない。中川様が無事に日本に帰還されたことを強く信じたい。

戦友たちは……

最後のページ
十枚目

引揚船「思山丸」の中で出会った人の住所と名前が列挙されている。

再会を約束して交換した人達の出身は、次のようであった。

大阪府（二人）、千葉県、愛知県（四人）、香川県（二人）、滋賀県、石川県、福岡県、宮崎県、新潟県、東京都、群馬県、兵庫県、鹿児島県、静岡県である。

帰還後、五十年経ち本を送ると、この中のたった三人にしか届かなかったという。

半世紀のうちには、わが父のように他界した人もいるだろう。あるいは、引っ越しやら様々な事情で消息が分からなくなってしまった場合もある。致し方ないことだが、寂しさを感じる。


それにしても、このメモ帖の色は、どう形容したらよいものか。ただの古びた更紙の茶色ではない。血の色、汗の色、人の皮膚の色のようにも見えるのだ。このような重いものを私などが頂いてよいのだろうか。

加藤さんは、「若いあなたが持っていてください」と言ったのだが……。

元教員の経験を生かし、例えば、読み聞かせなどの機会を利用して、子ども達に「メモ帖」と「鉛筆」を見せ、シベリア抑留について話したり、考えさせたり、ということはできるかもしれない。だが、それも近くの数校の学校という程度で、そんなに多くの子ども達に広めることは難しい。私にどれほどのことができるだろう。考え込んでしまった。

以前訪ねた舞鶴の引揚記念館の展示物が甦ってきた。この「鉛筆」と「メモ帖」は、展示品としても一級品だ。私一人が持っているより、より多くの人に見てもらえる引揚記念館のような所に置くべきではないだろうか。

さもなければ加藤さん宅の家宝として、代々受け継いでいくもの、ではないだろうか。

やはり、お返ししよう。そう思った。正直に言うと私には荷が重かった。

郵送で返すのは失礼だと思い、直接お会いし、手渡そうと決めた。

それに、過酷な抑留体験後も充実した人生を過ごされている加藤さんという人にぜひ、お会いしてみたいという気持ちもあった。

そうと決めたら、早い方がいい。なにしろ加藤さんは、九十七歳なのだ。

こうしたもろもろの思いが私を逸らせ、お宅に向かわせたのだった。

加藤さんに会いに

朝早く家を出て、新幹線で名古屋駅まで行き、名鉄瀬戸線に乗り換え、「尾張瀬戸駅」に着いたのはちょうど昼時だった。

駅の近くの台湾蕎麦屋さんで腹ごしらえをしてから、お宅を探すことにした。

駅前のメインストリートには瀬戸焼の茶碗屋さんがいくつも並んでいた。さすが、陶器の街だ。

五月とはいえ、日差しが強かった。小間物屋さんを探し日傘を買った。準備万端。自分で書いた手描きの地図を手に歩き始めた。

駅の近くには、窯業の工場のような建物もあった。坂道になり、上がるにつれて、一戸建ての住宅が増えてきた。途中、何度も迷った。タバコ屋さんに立ち寄ったり、通りがかりの人に聞いたりした。

大汗の末にたどりついた丘の上に、加藤さんの家はあった。表札があり、すぐ分かった。

玄関の脇に作業場があった。

「ごめんください」

ガラス戸を開け、声をかけた。ひっそりとした家だった。テレビの大河ドラマの再放送の音が聞こえた。

小柄な女性が出てきた。奥さんだった。背中が少し丸まっていた。どうやら二人暮らしのようだ。突然のお邪魔を詫び、ご主人にお会いできるか、尋ねた。

そこへ、ひょっこりと姿を現したのが加藤さんだった。小柄で細面。白髪の角刈りが似合っていて、予想以上に若々しかった。

本当に九十七歳なのだろうか。祭半纏でも着たら似合いそうな、いなせな感じだった。

名前を名乗ると、

「へー、遠くから」

加藤さんは驚いた様子だった。

「ま、こちらへ」

作業場へ案内された。

応接間を兼ねているらしく、小さな椅子とテーブルがあった。棚には、粘土や工具類が整然と並んでいた。

　壁に白い観音像の写真が掛けてあった。

「慈母観音像　二〇〇二年制作」と添え書きがあった。

観音様は、頭からベールのようなものを被り、石の上に立っていた。全体が白磁のような質感で、滑らかな姿。お顔はまさに「慈母」だった。

「それは、瀬戸焼の『慈母観音像』だよ。どうしてもラーゲル跡地に建てるのが、夢だったから……。観音様が提げている籠の中は、お握りが一杯だよ」

お握りは、飢えたまま亡くなった戦友に対する供養だろう。加藤さんの切なる思いが伝わってきた。

　もう一枚、額に入った仏様のお写真があった。

「天女の像」一九九三年の制作。高さは一メートルあるという。

地元の「戦後五十年忌祭」に、遺族会の依頼によって造った像で、日米の激戦地となったグァム島の「無我山平和寺」に奉納されているそうだ。

　薄衣の天女が、腰を少し捻ったようなポーズで、まことに優美な立像だ。

「つい、先ころ孫が新婚旅行でグァムに行ってね、『無我山平和寺におじいちゃんの造った像があったよ』と言うとった」

加藤さんはうれしそうな顔をした。

私は何度も頷きながら、話を聞いていた。今思えば、

「瀬戸焼の仏様って、どうやって造るのですか」

「何日くらいかかるのですか」

「こんなに大きなものが造れるのですね」

など、なぜ聞かなかったのだろう。

瀬戸焼といえば、茶碗しか知らなかったから、陶器でこんなすばらしい仏像が造れるとは驚くばかりだった。

「ま、腰かけて」

加藤さんはそう言って、自分も椅子に腰を下ろした。何をどう話そうか、考えている様子だった。

「収容所では、落ちている物でコップやスプーン、箸入れなどを作ったよ」

本の中にも、白樺や一位の木で作った「箸入れ」や、「スプーン」、「シャモジ」などが載っていた。

アルミ廃材を加工した寸胴のような形の「鍋」や、水筒を短く切った「コップ」な

ど加藤さんの器用ぶりが伝わってきた。

どれも職人技と思う。

「すごいですね」

と言うと、加藤さんは、

「一番の自信作は、リュックサックだよ」

と、笑った。

「布は、泥んこの麻袋。セメントが入っていた袋だよ。よく洗ってよ、針は針金をこつこつ叩いて作った。糸は、セメント袋から引き抜いたものだよ。バンドは、防寒靴の締め具を利用した。

月の明かりで一針ずつ縫っていくんだ。闇夜の時は手探りで、根気よく、何か月もかけてよう」

声に張りが出てきた。まるで、ついこの間のことを話しているかのようだった。

工夫することが好きな加藤さんは、収容所の長い夜を製作に没頭することで、苦しみを忘れたのだろうか。

いつか日本に帰る。その日のために、リュックを作る。その中に大事なものを入れる。もちろん、「鉛筆」と「メモ帖」も。

こうして、心を明日につないでいたのだろう。「希望」がなければ生きてはいけない。加藤さんは抑留生活をこのように生き抜いたのだろう。

わが父は、何を支えにしていたのだろう。どちらかといえば、不器用な父は、工作的な物は作らなかったと思う。

想像だが、母と妹の待つ家に帰る。どうしても帰らなければ、という「強い思い」だけが支えだったのではないだろうか。

父は十歳の時、男親を亡くした。女親と弟妹が残された。

すぐ下の弟は志願して海軍へ行った。見習い兵として、駆逐艦「秋雲」に乗り、フィリピン洋上で空爆を受け、海に沈んだ。十九歳だった。

シベリアに抑留されていた父はこのことを知らなかった。

三番目の弟は十代半ばの学生だった。

父は長男として、常に周りから「お前がしっかりしなければ」と、言われ、自分もそうあらねばと思っていたことだろう。

故郷に何としても帰り、母や弟妹を助け、家を守らなくては。抑留中は、そのことだけが頭にあったのではないだろうか。

加藤さん宅で話を聞いているうちに、小一時間が過ぎた。

そろそろお暇しなければ。

私はカバンから、「メモ帖」と「鉛筆」を入れたビニール袋を取り出した。

「これは、加藤さんが、命がけで持ち帰られた大切なものです。とても、私ごときが頂くなんてできません」

そう言ってそっとテーブルの上に置いた。

加藤さんは、しばらくメモ帖と鉛筆に目を落としていたが、黙って引き取った。少し残念そうな、そして寂しげな表情を浮かべた。

加藤さん宅を後にして、私は安堵感と、果たしてこれでよかったのかという気持ちが入り交じり、複雑な心境だった。

帰りの新幹線の中で、短歌の心得などないのだが、自然に言葉が浮かんできた。


緩みなき身体を持ちしその人は抑留の日々ありありと話す

抑留の記憶留めしメモ帖は土色なれど文字は鮮やか

瀬戸焼の町に住まひしその人を訪うてメモ帖返しし五月

凍土より肌身離さぬメモ帖は血と汗涙の混じりし色ぞ

加藤さん宅に伺ったのは、平成二十七年五月だった。この五ヵ月後の十月十日、「シベリア抑留等日本人の本国への引揚げの記録」が、ユネスコの世界遺産（記憶遺産）に登録された。

加藤さんは、翌年の平成二十八年に亡くなった。九十八歳だった。

メモ帖と鉛筆

私の住む大多喜町の人口は、現在、約八千人。この小さな町からも大勢の若者が第二次大戦で出兵した。その頃は、もっと人口が多かったと思うが。何千人もの若い男性が戦争に駆り出されたはずだ。

『町史』（平成三年刊）の「戦没者一覧」を見ると、陸・海・空軍合わせて七百三十九人もの戦死者がいる。うち、シベリアで亡くなったと記載されている人は七人である。父のように帰還できた人もいただろう。だが、何人抑留され、何人帰れたのか、実際の人数は不明だ。

シベリアに抑留された人は、筆舌に尽くしがたい体験をした。「二度と思い出したくもない」「封印してしまいたい」と、口を閉ざす人も多く、表に出てこないことが多いのだと思う。

加藤さんは、勇気と使命感を持って、『偽りのダモイ』を書き、記録を残した。

私は、他にシベリア抑留体験の本や手記を何冊か読んだが、加藤さんの書いた内容に、誇張も矮小もないと思った。

本の中に「アクチブ」という言葉が出てくる。収容所では、スターリンを讃え、共産主義の思想に変えようという運動や集会がたびたび開かれたという。

だが、ほとんどの人は洗脳されず、家族のもとに帰還したのではないだろうか。加藤さんも、わが父もそうだった。

帰国後は、家族のため、家のため、ひたすら懸命に働いた。日々の暮らしに精励した。そういう多くの日本人がいたから、戦後豊かな日本が築かれたと思う。

平成になって、突然、わが家に内閣総理大臣から送られてきたものがあった。「賞状」と「銀杯」だった。

　　　　唐鎌　榮一殿
あなたの戦後強制
抑留中の御労苦に
対し銀杯を贈り
衷心より慰労
します
平成元年十一月二十八日
内閣総理大臣　海部俊樹

平成元年と記されているが、実際、わが家に届いたのは、平成三年だったと記憶している。なぜなら平成二年に父が亡くなり、その翌年に受け取ったからだ。

銀杯は大、中、小の三つ重ね。桐の御紋が入っていた。

なぜ、今頃、の思いがした。

父がシベリアから帰還したのが、昭和二十三年。それから四十年以上経って、「ご苦労様でした」と言われても……という感じだった。もっと早く頂けていたら、死ぬ前の父に見せられたのに。残念だった。

多くの問題を今も含むシベリア抑留事件は残念ながら後回しにされた、としかいいようがない。

令和四年二月二十四日、ロシアはウクライナに侵攻し戦争が始まった。

いつ終わるとも知れない戦争は、街を破壊し、罪のない市民が巻き添えになっている。女性や子どもが難民となって、いろいろな国に逃れている。今やウクライナのみならず、世界中に「戦争」の影響が及んでいる。

遡ること、七十七年前の昭和二十年八月九日、ソ連（ロシア）は、中国国境付近に突然侵攻し、加藤さんら日本兵はシベリアに連行された。

昭和十六年に、日本とソ連の間で結ばれた「日ソ中立条約」では、「お互いに攻撃しない」ことや、「一方が第三国と戦争になっても中立を守る」という内容で、有効期限は五年だった。

だが、アメリカや、イギリス、ソ連による「ヤルタ会談」や、その後の「ポツダム宣言」など、日本の降伏について強国の首脳が話し合う中で、ソ連は方針を変え、昭和二十年八月八日、日本に宣戦布告をした。翌日の八月九日には攻撃開始をしたのだ。まだ中立条約の期限内であった。

こうした国際情勢の動きを、最前線で戦う加藤さんや父は知るはずもなかった。『偽りのダモイ』の中では、繰り返し、昭和二十年八月九日のことが書かれている。最終章においても語気強く記されている。

〈ソ連軍は終戦六日前の昭和二十年八月九日午前零時に日ソ不可侵条約を一方的に破棄し、ソ満国境を瞬時に破壊、囚人部隊を先頭に越境し、数多くの日本婦女子を暴行虐殺した。

ソ連軍囚人部隊と戦う事もならず、ダモイを唱えながら騙されてシベリア捕虜収容所に抑留された。劣悪な食糧、厳寒の地で強制労働を強いられ命脈尽きた幾万の貴い犠牲者を出した。

屍を酷寒の地に晒した儘《まま》、何の手立ても出来ず、生きている者だけが祖国日本へ帰った。その事に対してただただお許しを願うのみ。御貴殿達の御無念は必ず山紫水明、敬神崇祖の故国日本に帰り報告すると誓った。〉

加藤さんや父が生きていて、ロシアがウクライナを侵攻し、戦争を起こしたと知ったら何というだろう。

二度と起こしてはならない戦争を、再び起こした。「無念」と思うか、「またか」と呆れるか、どっちだろう。

この本の末尾はこう括られている。

「拙い手記を通して、平和の尊さを汲み取っていただければ幸いです」と。

「平和の尊さ」。これは、悲惨な戦争体験をした人はもとより、知らない世代にとっても心からの「願い」である。

私は戦後生まれであるが、戦争とは、罪のない人、力の弱い人が理不尽な目に遭うものだと、加藤さんの本や話などから学んだ。

シベリア抑留という悲劇は、人間の尊厳を無視したもので、決して忘れ去られてはならない。

加藤さんが亡くなって七年経つ。

コロナ禍も収まったわけではないが、お墓参りに行きたいと思った。同時に、加藤さんの作品が何か残されていないか知りたくなった。

「瀬戸蔵ミュージアム」という、瀬戸市にある博物館に電話してみた。

対応してくれたIさんという男性が数日をかけて、加藤静夫さんの作品が掲載されている冊子を探し出してくれた。画像を添付してメールで送ってくれた。

昭和六十二年発刊の『瀬戸原型工芸協会作品集』というグラビアの冊子だった。

この作品集には、六十一人の会員の作品があり、瀬戸ノベルティが隆盛を極めていた頃の、各会員の自信作と思われる。

加藤さんの作品は、「裸婦」というタイトルの塑像だった。十二×十五×四十八センチ。大きいものではない。

溌溂とした乙女が、大地にどっしりと立っている姿だ。体型は日本人のようだが、顔立ちは日本人ではない。彫りの深い、ロシア系の女性の顔である。

これは、「シベリアの歌姫」の顔ではないだろうか。すぐにそう思った。

※［お断り］
『偽りのダモイ』などからの引用部分は、表記の一部を変更したところがあります。

あとがきに代えて

父と同じ引揚船で、シベリアから帰国した加藤静夫さんから送られた著書『偽りのダモイ』に、私は強い衝撃を受けた。すでに他界していた父に代わってお礼の手紙を書いた。これが縁となり、加藤さんと交流が始まった。

そんなある日、シベリアから密かに持ち帰ったという更紙の「メモ帖」と、削り込まれた長さ四センチの「鉛筆」が送られてきた。

「メモ帖」には、転々とした抑留地や戦友たちの名前、印象深い思い出、ロシア語の単語、そして、引揚船を共にした同乗者の名前などが記されていた。鉛筆は唯一の筆記用具として、いかに大切に使われたかが、その短さに現れていた。

「貴女が持っていてくれれば安心です」

同封の手紙にはそう書かれていた。幾多の困難を共にしてきた、いわば加藤さんの分身だった。

かつて舞鶴の「引揚記念館」で同じような遺品を目にしたことがあった。

（これは立派な記憶遺産だ。託してくれたことはうれしいが、私は持つにふさわしいのだろうか）

悩んだ末、お返しすることにした。

瀬戸市のお宅にお邪魔してみると、奥様と二人暮らしのようだった。加藤さんは、黙って引き取ってくれた。心なしか寂しそうだった。

そしてその翌年、九十八歳で亡くなった。七年前のことだ。以来、音信は途絶えた。弔問に伺いたい、と思っていたが、コロナ禍もあって、果たせなかった。

数年前、文芸社協賛のある賞に応募したことがあった。原稿用紙五、六枚だったと思う。力及ばす落選だったが、このままうやむやにしてよいのだろうかとの思いがあった。

そんな時、これを長編に書き直してはどうかというおさそいを受けた。断るつもりだったが、ふと気持ちが変わった。

『偽りのダモイ』、「メモ帖」、「鉛筆」、そして加藤さんとの文通や、直接お会いした時など、これまで、折々にふっと感じた父の姿。それは、今まで知ることのできなかった戦地での父親像であり、私が知る「どうしようもない飲んだくれ」とは別の姿だった。不思議な感覚だった。

娘として、書き留めておくことは、父と、加藤さんへの供養になるのではないか。そんな思いに駆られて書き出した。

出版が本決まりになり、加藤さんのご家族の同意をいただきたく、令和四年秋、再び瀬戸市のお宅を訪ねることにした。伺う前、何度か電話をしたが繋がらず、予約なしの行き当たりばったりの旅になった。


加藤さん宅に着くと、軽自動車が停まっていた（どなたか居るのだろうか）。呼び鈴を押した。少しおいて二回目を押した。玄関の引き戸のガラスに黒い影が動いた。

加藤さんのご長男だった。最近一家で引っ越してきたばかりとのことだった。何というか、いいタイミングだろう。加藤さんのお引き合わせだろうか。

突然の訪問にもかかわらず、快く招き入れていただいた。仏間で遺影写真と対面し、お線香をあげ、手を合わせた。ようやく肩の荷が下りた気がした。

ご長男は、お父上のアルバム、生業の「瀬戸ノベルティ」の作品や、激戦地慰霊のために制作したという陶製の観音像など、様々な遺品を見せてくれた。

私は気にかかっていたことを思い切って訊ねた。

「あのメモ帖と鉛筆はどうされましたか。出来たら写真に撮らせていただきたいのですが……」

ご長男は何のことか分からなかったようで、

「戦争の遺品でしたら、全部処分してしまいました」

ぐらっと、地面が割れたような気がした。

（お返しせず、あのまま頂いておいた方が良かったのかもしれない）

そう悔やみながら帰宅した。

ここにささやかな一冊を著すことができました。シベリア抑留のことを若い世代の方に少しでも知っていただけたら幸いです。

改めて、加藤さんのご長男様に感謝申し上げます。ありがとうございました。

また、日頃ご指導をいただいている朝日カルチャーセンター千葉、エッセイ教室の川村昭義先生に心よりお礼申し上げます。

最後に、文芸社の岡林夏様、編集の方、大変お世話になりました。

令和四年　紅葉の美しい日に

唐鎌　良枝